＊目次

装本・倉本　修

歌集　蝸牛（かぎゅう）

飛ぶのがこわい

それなりに生き方はある凍てつきし野辺のたんぽぽ根を深くする

雪降ってふって沓けきしじまにはきじ鳩一羽
木立にすくむ

石のようにがわたしには似合うから風にまか
せて飛ぶのがこわい

冬空にさらけ出したる裸木のありのままとい
う安らぎもある

底なしの青空だからなにもかも聞いてもらう
わ　返事もいらない

さくらさくら花のさなかに人知れずいちばん
はじめの花びら落ちた
青空に映える桜のそのむこう知覧の飛行機み
えてしまって

落ち着けよあれはおまえだいくたびも鏡にあ
たっている鶺鴒よ

降伏を言い出せなかった心には遡れずに桜さ
くらさくら

貫乳のごと沖縄にからみつくほぐしきれない
べとべとの糸

雨脚をかえすしぶきが細やかで金柑キンカン
しびれて含む

ひと束ねに語れぬものだと思うけど夫は女は
おんなで済ます

固執などもたない友の生きざまはがんがんと
照る太陽のよう

花カタバミ女の性に似るようで思い込みだが
好きになれない

われに棲む魂とやらはいくつあるおしくらま
んじゅう泣くのはだれだ

竹林はいつもゆうらりゆうらりとお化けして
おり笑いもせずに

発揮しました

消えてまた生まれくる雲くり返すきっとそれ
でも悩みあるよね

音をみな吸い込むかたちにあじさいの毬が連なる青い静かさ

大雨になるぞと教えてやりたいが葉になっているつもりのアゲハ

牙向ける川ひとなどは竜王が前ではなんとた
わいないもの

道の端の田が湖のようになるこわいながらも
さあとおりゃんせ

原子炉より安全ですからそうなれば大切にし
ますホタルのひかりも

被災地の壁新聞は「武内宏之《たけうち》」のジャーナリ
ストが発揮しました

原子炉に入るロボットに息をのむよかった人
の形をしてない

あの草を食べておいしくなったのだ反芻して
いたこと知ってたが

捩じ曲がるピーマンの内にいるものを見ずに
は食べるわけにもいかぬ

数として処理されていく人の死をそこから背
負い人は去りゆく

蒸しむしの梅雨の雨間に訪いて来るアシナガ
バチの涼しき足が

川なかの裸木に鵜の生えてきて双葉になるや
いなや翔びたつ

はがしても蔓延ることをやめぬ蔦　無言の抵
抗とかもあったね

しびれをきらしたように出るアマテラス蟬が
一斉にさわぎたてておる

火曜日の傷

たったいまカラスが咥えていったのは庭隅に
きのう乾びたみみず

風の遊びなら消えますがうつつごと積雲のように戦車がならぶ

〈薔〉と〈薇〉のふたつの草がよりそうて棘をかくしている花の道

猫の耳揺れたら草の葉になったなにしろ猫し
かとおらないんで

油断した油が飛んでまたしても野菜いための
火曜日の傷

ゴールデン五月いそいそこんなにも風が眩しい若者の背は

真夜中のいまわたくしは天上にいるほのあまいいちじくの冷え

病院の空が吸いおる人の息　工事するひとオペをするひと

手術後の子との食事を映しいる先の見えない黙んまりの窓

自らの声に焦がされ炎天をなお暑くしている
あぶらぜみ

言葉でもそれはできます焦点をはぐれさせて
るモノクロのフォト

シャッターは枯葉をふさぐ役目です街の性格
は風が変えます

問屋街の大風呂敷から抜けた熱モールが小さ
な袋に分けた

地球《ち》が速く回りだしたか　そうかもねタンブ
レ、コスプレ言葉も急ぐ

リニア駅に沸いております中津川クリもあり
ますますイガも増えます

しろばんば

葛の葉が秋がいるよと教えます隠れていたい
秋はまだ子ども

ハサミもて髪のようなる芝を切るこんなに小
さな母ではなかった

山吹は溜めていたことあったのだいち輪枝の
先　秋なのに

憚りなく出てきて憚りなく赤い曼珠沙華秋の
陽をはね返す

母を亡くすこころをのぞきこむように問いく
る幼の〈母〉という嵩

線香のなびけるさきの観音さま方向音痴の母がゆきます

無重力とかの岸ですお母さん我慢しないではわり行ってね

パソコンの引く罫線のゆがみなさD51デゴイ
チ手ぶれでごいち

芋の葉の露で書いたの思い出した吊るしたと
ころまでの七夕

菜を茹でる湯の香がふっと鼻先をすぎるとこ
ろでふる里おもう

不器用なわたしはあいも変わらずでほわほわ
浮いてくるしろばんば

雪の上を埋もれず跳ねゆく雀たちそこは野良
猫とおる道だが

寒太郎が作りくれたる菓子の家朝にはグリム
の砂糖が積もる

たらちねとちちのみという綱があり現在《いま》でも
つんと引っ張られます

裸木よおまえがおまえであることの最たる季
を夕映えていよ

普通のこと

ゆっくりと雲が山ごとまわします合掌の屋根
を壊さぬように

コントントン澄んだ音ですコントントントン蒼天
からこぼれ落ちくる

嘴をもて天を裂いているあの音は夏から秋へ
の衣替えだろ

ちひろの絵のなかの幼の顔のよう虫に食まれ
た木の葉が落ちそう

柿の実が齧られてました裏からです鵯にとっ
ては普通のことで

枝先がメドゥサの髪になるもみじいたぶるよ
うに秋風が吹く

オレンジのひかりは秋の触手ですそこはかと
なく覇気吸われてる

何もかも無くなるということ想う　眼鏡めが
ね何処に置いたか

橙は亡母《はは》思う色わたくしの色など息子はつけ
ようもない

うじ山にうじ川が添う宇治の里ここは宇治茶
で潤おいなされ

千年を屋根のうえにて威嚇する鳳凰はまだ疲
れていない

ひだまり

青空の向こうのむこうは雪らしい逃走してくる雲たちの顔

松の木は夜来の雪を被りつつ雫を滴らす　あ
き　らめ　あき　らめ

足跡を雪に残して行った猫「こたつの上を動
いてないわよ」

ひだまりに微睡んでいる老人と黒猫一ぴき時
は売らない

三が日たまゆらゆれる朝酒にきびしき亡父《ちち》も
ほころびたりし

先生が吹く笛のようあれは鵯「モード切り替
え時間がきたよ」

飼っていたのは鳩でしたいつのまに替わった
のでしょうこれは百舌です

生姜湯の旨さいつしかうすらいで風のあいまい沈丁花の香

「如何せしあの童等は」太郎冠者「さてもロボットに育まれしかな」

幼らの「真っ黒くろすけ」のこる耳くろすけ
羊が跳ねて眠れぬ

ゆうらりるそんな感じに用水の蓮の枯れ葉の
すっぽんおまえか

三寒のこんなに緩む野路をきて蝶のきらきら
亀のぷうわり

真昼間にあまたの星のつぶつぶが見えたとし
ても慣れるまでです

アインシュタインの舌

拾われぬことは楽しいこととして川面のキラ
ラは遊んでいます

たんぽぽの光りの中のおさなごがひとまわり
して蝶がほら三つ

頬にある蚊の点三つ知らなくて幼のあどけな
さ五つ星

ぽつりぽつりたいつり草は忘れてはいけない
過去をふくらませいる

アメンボが磁石のように遊びます水面は鉄板
になってくれます

魚になれと希まれたのかペットボトル未だなれずに藻の上にいる

夢のその行くさき誰もわからずに「京《けい》」は光に遊んでいます

たやすきも使い難きものるならむアインシュタイン舌を出しおり

神経の太くなりしを老いという冷蔵庫呼んでるよさっきから

若葉風こころに隙の入る朝カラスがゴミの日
教えてくれた

あの夏の賢治に未来は見えていたろうか休耕
の地の暑すぎる

それがあることで救われてもいます遮光カー
テンこぼれる光

日盛りにヘクソカズラの小さな花お好きなよ
うに呼んでください

いただきましょう

種持ちて酸味も忘れてないみかん媚などこぼさぬ厚き皮です

いずこからくる神を待つ沈丁花夕べしじまに
香をととのえて

冷やすのは使命感ですあとはただ身を任せます　氷のひたすら

あたま数で分割するのは何ですか子をなすが
恃みのまつりごと

春だからシジミと名をもつちいさきが花となったり蝶となったり

よしのさんに春を盛り上げさせるため冬を耐
えぬいてきた染井さん

春の浅き木立を舞台にゴイサギが仕舞う扇の
羽のしめやか

四十八の滝壺あれば四十八の願いのなかの浅きたきつぼ

岸壁に挑み暴風雨に耐える映像という名のスピリット

山被う葉月の闇の濃ゆきより人間界を見てい
る眼《まなこ》

民族は形《かた》それぞれの「踊り」もつ魂《たま》とたまと
がひびきあうため

唄につれ弾みていれば躰《み》も魂もクラゲのよう
に透けてゆきます

夕べにははげたる暖簾がまねきますおいおい
こころみぬかれてるよ

バイパスにあとはゆだねて旧国道「大衆食堂」
大衆おぼろ

なんの憂いもなくいま笑いいいまを泣く幼の生
をいただきましょう

青み

セシウムは「青みがかった」という意そうか
そのままさみしい色だ

福島の放射線害あさ風にひめこぶしのしろの
なおさら

汚染され川は下って行くしかない知らんぷり
ならいまでもできる

堂鳩が「どでーからっぽ」とくりかえす「ノー」が言えない被爆の国を

ぬばたまの闇のカラスの斥候かカラスアゲハが飛びまわりおる

孤独なる高さにあればスカイツリー鳴き砂の
おと聞こえてますか

「よまれてるぞ」とあらくれの風が言う　衛
星はいつか未来のゴミに

住みやすき無機質あまた受け入れて蔦増して
ゆく落ち葉「昔はね」

逃げたいと思うことなく文明という蜘蛛の網《い》
に縦横無尽

辺りなる緑が濃さを増してゆくあかあかと急ぐ紅葉のために

下りたてばすぐまといくる蚊のあまた　いつか絵本の幽霊になる

何もかも受け入れていいつかの間の虹がしる
べのように見えれば

コーヒーの香に癒されてながめてる浮雲が戦
闘機になってゆく

どかどかと踏みつけられている駅の階段です
元気をもらっています

掃除機をかけゆくように人を吸いローカル駅
をはなれる電車

雲の上のことなら旧暦新暦もてきとうでいい
ね七夕まつり

また来るよ

なんとなく鴉のこえの緩みくるそんな朝です
隅のカタクリ

目覚めればパターン化されいる動線を乱して
やろう脱皮するため

ほんの一端ですが私が華ひらくところを見て
いてください　ぽん

贈答は座布団にしよう蹴飛ばされるかもしれ
ないがモラルを入れて

べろべろと風をあじわう紫木蓮「鬼のべろ」
遠くで祖母の声する

答えなら簡単でしょうあなたがまず原発の辺
に住んでみること

上向きの経済とかや味の素の振り出し口を広
げるような

纏めようとするものだから翔つものはほら竜
巻になってしまった

ぱらりぽろり私のハートが落ちる音こんなに
も無機質になっている

ふるさとの学校帰りの風の香とひかり纏えば
薊がないわ

美味いとは思わないけどほんのりと食まむよ
夫のつくりし瓜《メロン》

いつまでも回りつづける脱水機いちど忘れてからまた来るよ

ひとすじの風に揺れおるクモの糸重量制限していませんか

じっと見ているのも結構疲れるわ炎天下氷の
溶けてゆくまで

通い慣れたるふる里の道に佇ち夏草にきくわ
たしはだあれ

レプリカフイッシュ

たまゆらの輝きみせて秋の朝スギナの群れる
生のたわむれ

走り雲ひきつれてゆく鳶《とんび》の輪ほらもう消えた
屋根の向こうに

いまのいま我執の一つが爆ぜましたバックン
とほら聞こえたでしょう

こころのなか風船みたいな質量につながる糸
を離してみよう

女偏古きが三人はひふへほワライバナシはワ
スレシハナシ

歯車の型の違いを楽しめばいいだけのこと
かみ合わせまでは

一番に驚いたのは古時計　なにしろいきなり
蘇《なお》生《され》ちまって

何もかもわかっているから飼いたいのレプリ
カフィッシュ　わかってください

雁がねが鉤を作りて飛びはじむ秋の先っぽひ
っかけて来よ

たとえれば夏は分あつい紅のビロード秋はみだれ織る麻

どっかりと秋陽の石のモニュメント〈太陽の椅子〉あたたかそう

幼《こ》と母の韻きのありて庭スズメこの陽の下に
はこれだけでいい

ことばなど危ういものよおさなごの「いやっ」
と小さな自由いいよね

大人とは濁りも入れる川のよう太くも深くも
容れゆくほどに

干し竿に産みつけられし蛾の卵深まる秋のそ
のさき知らぬ

黒豆

表示よりわずかに多い黒豆がふつふつ昔を思い出させた

人の世は棲み心地よいか節分のたびに探して
いるのよ鬼よ

遥かなる川原のような大都会石積むたびにま
た鬼が来る

皮むきのみかんを枝に五つ六つ鵯でもいいが
と冬ざれて待つ

きらきらと葉陰に舞っていったのは黄葉《もみじ》が終
りになった蝶です

楽しんで回っていたのは最初だけ今はもうただの落ち葉になりたい

プルトップ外したいけどこれ以上空は碧すぎても寒いよね

青空を見せながら風吹き荒れるゴミになる前
に隠れろ小鳥

昼下がり弾んで帰るランドセルランランラララン
をまき散らしゆく

微風という弱とは違う風のことわかっている
けど出来ないんです

信頼をしているわけではないですがとトラク
ターの後のケリたち

チェーン店ばかりがならぶ街中の黙んまりが
いい雪田いちまい

あくがれを消してしまったような空一月は悲
しいほどに青いね

ウタハナクナッテシマッタ「汽車」のこと憶っています「お先にどうぞ」

うまそうな椿の蕾の開きかけ齧りそこねたことばのひとつ

摩訶まんまる

独つ目のカーブミラーがしらじらと私に見え
ない私を見ている

お互いの影うつしあう窓と窓映らぬものを見
たのだろうか

しんみりと留まりいるカラス国道のかたわれ
の死はいましがたらし

電柱の尖に嘴《はし》ふるおお鴉もろともに武器なん
かになるなよ

帰り道見えなかったものの現れてきてそれだけ
で怖いものです

タンポポの穂のまんまるが風待つという摩訶
まんまるの事もなげ

ずんずんと黒紫のタチアオイ見慣れゆくのは
ほんとは怖い

しおしおともぐりこんでるテーブルは三歳の
痛み丸見えにする

パレードをするでもないから泡立ち草そんな
に歓迎しなくていいよ

「おもてなし」素顔のままなら「面なし」ひ
ろげる裏の本音どれほど

大縄跳びまとまって跳ぶ難しさああーっでは
済まぬ世の万端は

前向きのつもりでしたが後ろには何かがぞろぞろ　走れないはず

耐えきれず落ちてきたからこんなにも優しい雨になったのだろう

田の窪の残りの水にゆめのまま蝌蚪はひしめ
くういのおくやま

花雲

振り返る師走の隅に柊はしめやかに咲く　どうしようもない

如月の雨ののこした枝の露生まれなかった花
のまぼろし

黒部峡谷《くろべたに》山からやまへにんまりと橋ありここ
は猿のみ渡れ

咲くほどにあふれる思いにひたりたくさくら
さくら静かに見ます

この指パパこのゆびはママ中指の兄さん真ん
中にいてくれたころ

余暇なんかなかった父は見なかったろうなヴェールのような花雲

寒い日はとん汁がいい幸せはときどき見えて小さくていい

ストレスト、ストマイシンどこかが違ってるいいの
深くは考えないで

手袋に指のさまよう拙さの繰り返しまたくり
かえすまだ

ロボットに出させてはだめ珈琲の熱きをすす
って吐く息などは

遠慮なくシングルダブルはご自由に　日用品
とはそんなものです

ダイエットされてゆとりのありすぎも問題な
のとティッシュボックスカバー

神妙に口を閉じいるカサブランカあっけらか
んとひらけば楽よ

常緑を保つためでしょうひそやかに老い葉が
根元に溜まっています

裸木に留まるボール落ちることもできないの
ならそれを遊ぶさ

雨あられ雹ぼたん雪落ちかたを楽しむことも
覚えておくよ

骨のマーク

センサーが再生しなくなる死角進歩しなくて
いいこともある

触れること出来ないゴミが溜まりゆく骨のマークが破れています

国のため平和のためという後ろカラスアゲハの影の無造作

武器という名の根菜が生えてきて大地は落ちつく暇《いとま》もあらぬ

センサーの記憶消したる停電に『平凡』という本うかびくる

デジタルの檻のなかなるマイナンバーうまく
抜け出た番号さがせ

叩いても応えてくれない窓ばかり疲れていそ
うなこのごろの風

点としてあるをもろとも吸い込みし蒼穹の底
からの囀り

電線は蜘蛛の綾とりどの家も絡めとられて操
られてる

たまさかに裡より出で来る虫の精またおまえ
かと慣れたら消えた

芍薬の大小の芽が地獄からの拳にみえてこの
春おどろ

「力《ちから》」には小さなハネが付いていて血を吸いに来る「カ」という虫が

郵便屋さんを見るときほっとするロボットなどにゆずらないでよ

「しゅう」の文字終修習愁お好みにあわせて
活をつけたす世です

ほちほち

梅の花ほちほちなれば訪いてくるメジロほち
ほち春もほちほち

闇がまだやさしさほうわりもっていたころの
太郎の花子の眠り

花びらのその終の音も混じります花びらだら
けの雨の車道は

包む敷く紙厚かりし古新聞もう戻らない川な
つかしむ

新聞紙かばんの中でほのぼのと思い出したか
生れし木の色

極楽のとんぼなどとは言わせない電線と翅と
風のバランス

バスケットボールばんばん弾ませて若者は公
園の起爆剤

地響きと重機たちまち現場には戦場《いくさば》にたつ男が熱《いき》る

蜘蛛の網《い》をワタアメのごと手繰りやる領空なんて強いもの勝ち

日の下におればば暑いと風の神ほこらの中で虫の息する

たまさかのつくつくぼうしうす絹の一声のみで　明かりが消えた

杳かなる夏の庭すみおにゆりやあしなが蜂の
賢徳の面《つら》

きざまれし深き皺まで映されて無言の翁は遠
い目をする

爺さんの鋏はもう武器切りまくるを見ている
うちに木になるわたし

じいさまとばあさま行きし山と川ゆったりと
いう時の茫ぼう

月のうさぎ

陽の緑に躰《み》はしゃわしゃわと濯がれて若葉に
遊ぶわたしは雀

グラジオラスゆがみて咲きしを懐かしむ戻りたいとは思いませんが

あなどりしばかりに芝のひと塊《くれ》の野放図が大きな面をしており

うらめしい雨の予報に鍵かけし閲のうちにて
しとしと暮れる

目を閉じて聞いてくださいい傘のうちほら万華
鏡のなかの雨粒

生きること即ち食すこととなれば垂乳根の母たくましかりし

砂漠にはさばくのこころビンラディン育てられたるパワハラ育つ

サミットの後ろに結ばれおらむ手のいかほど
の堅さをもちて写るや

「おもてなし」と整えられておりましたテー
ブルクロスはもちろん裏側

塊をたましいだなんて読むのだれ　アイスピックで砕かれてます

白い蝶きいろい蝶が生れあそぶ花びらのあれは幽体離脱

動かなければゴミなのに　あっ！　動いたば
かりに後のありよう

感動は確かにあったでも現在《いま》は月のうさぎも
いなくなったよ

コロンブス・ガガーリンみなその先を信じて
いたというわけでなし

理解してもらえますとも正式に「症」と言う
字がつく病です

蘭展

水曜を頂として上りきったらもういい土日は
くつろぐ平野

日の丸の花に囲われし盆栽展鉢もろともの重たさ運ぶ

〈八月十五日《じゅうごにち》〉背負いたる鳩声しぼる「ドデェカラッポドデェカラッポ」

舌を切る〈むかしばあさん〉いるらしい一党
村の雀はしずか

白壁の厚みに黙しこしものの痛みを　和風総
本家いかに

小さき躰《み》におおきな痛み少女像原爆ドームよ
抱きておやり

分別は単に慣れたる感性が顔パスみたいに通
ることです

イヤミひとつ言おうか水に流そうかその前にする水の手加減

この場所が自転車置場になったなら善き人がいるものと思うに

かいま見る葉月まひるま太陽のかけらを乗せてゆく救急車

ヤマモモがくすねられゆくふたつみつたまさか遊ぶ人にすむ鳥

鳩になりキビタキになりおのおのの思いのひと葉風に飛びゆく

こころ乱されし蘭展ことさらに神秘滋雨武《しんぴじうむ》・澱泥美産武《でんどろびうむ》

蝸牛

〈のっぺらぼう〉覚えし幼ねぇやってみてよ
と言うてのっぺらぼう

ほほ笑みの口の周りにこぼれてるヒトクイタルヨヒトクイタルヨ

〆に出た〈煮麺〉呂律怪しくて帰りし夫「ユウレイガデタ」

お金とは美味いものだとはまるうちお金に喰
われてしまいましたとさ

オダマキがペンギンの顔になることは誰にも
言わない　約束します

ドレミファソまでのピアノで弾くなれば「チューリップ」に蒼すぎるよそらら

幼児用バンドエイドのジバニャンが「似合わないね」と笑う　ごもっとも

たぬききつねねこ棲み着いて議事堂が疑事洞
になる　柴犬《しば》はおらぬか

永遠《とわ》などはあってはならぬこととして寿ぐよ
この大樹朽ちるを

蛞蝓を俳句のそれと見たてれば蝸牛が背負う
あとまだ十四

食感の違いを聞くから「蒟蒻はニャクッでテ
ンとすべるのが寒天」

「離して」と言えばなにやら話しだすその紐
の先のあんたが重い

押しずしのコメの体感（かつてかの地の無蓋
貨車）押さないで

隠すもの押し付けるもの飾るもののまことひら
ひらことの葉多葉

含み笑い

節分の豆撒きし父軒しのぶわれに棲みおる鬼も老いたるよ

ビフォアーとアフターの間に眠らせる「ドリーム」という名の美容室

無頼なる世は遠のいて伸びて来るあの手この手のどの手がほんと

ひたすらに圧縮をされ濃くしゆく姿焼きなる
烏賊の執念

デジタル盤の「8」が匿う0から9「はち」
はとにかく大物らしい

放卵を月にまかせて摩訶のくち珊瑚も十五夜
楽しんでいる

炎天下うなだれておるヒマワリの下に眠りて
いるものおこせ

ヘルメットにあたる朝光に潑溂と腰曲がりおる現場監督

完璧というは危ういものですね蓋のお役目捨てられもする

待合の白き空間に羽虫ひとつ　たったひとつ
母だと思う

ひからびしグラジオラスを埋めてやるたんに
優しさのつもりです

なかなかに開かぬ椿見てる間は動かないこと
わすれてました

如月の大和男につくりやるでんがく豆腐のチ
ョコレート色

木犀に安堵するまを柊にやれ急かされて沈丁花待つ

しっとりと男気むせる庭石にへばりつきたる花びらあまた

本物という尊厳が萎れさせ花ふんもみせる牡丹よ牡丹

子狸は木の葉をお金に変えること覚えなくてもよくなったらしい

なぞめいた含み笑いが気になってこれにする
マフィン　問答無用

脅し水

脅し水にてひといきに黙らせる浮き足だちて
おりし豆腐を

尖端のあるかなきかの蕾まで咲かせるに瓶は
歪んだブルー

われに深く染みつきおりし秋の香がつれてき
てこは煙管の翁

三かんと四おんを引けば三のこる指が弛んで
もう眠くなる

濡れそぼり帰りてきたる体たらく当たらずの
天気予報四日目

少しばかり思いを深くしたせいです胸のあたりの有精卵は

シャボン玉楽しんだことある手なら無精卵軽い音で割れるね

逃げてゆく蕾を追ってタチアオイ先端は不安
をぬぐえぬものよ

要るところだけ捥がれたる黍の骨秋の光はこ
ころを射貫く

形状の記憶を風にうばわれてしどけないシャツ着ればもどるよ

カレンダー大きく破り損なえばみずうみはもう波立つ海辺

大欅わし掴みの根を離してごらんその勢いなら翔びたてるから
ピーピーと私の終わりも鳴るでしょう柊の香も付いたらいいな

面《つら》とのっぺらぼう

平井　弘

「まだこのあと出そうってのはいるのかな」

教室のひとりが歌集を出したとき尋ねた言葉にすぐさま反応したのは、いちばん前の席にいたこの人だった。

なんとも微妙な空気だったように思う。

なにしろ教室に顔を出すようになったばかりである。それよりもなによりも、まだ文脈もままならず、初歩的な語法の誤りをただされていた段階の歌だったのだから無理もない。

ほう、楽しみにしているよ、とわたしも苦笑いするほかなかった。

「どうやったらいいんですか」

それからしばらくして、問いかけられた真顔にこちらが慌てた。相手はどうやらずっと本気だったらしいのだ。

怖いもの知らず、じつはこれでなくては歌集など出せるものではない。考えてみれば、それくらいの冷や汗ものの行為ともいえるが、ためらっていては始まらないのだ。この段階の歌をとどめておけるのも僥倖ととらえて、先へ進めばよいのだろう。

ということで、未熟、半熟には目をつむって、現在の有りのままを見てもらうのもまあいいか、ということになった。

はじめに断っておこう。〈奇想〉読まれる方はたぶんこれに悩まされることになる。どうしてこんなことが歌になるのか。というその前に、どうしてこんなことを歌にしようと思い立つのか、そこのところがまずもって分からないのだ。たとえばこんな歌である。

〈のっぺらぼう〉覚えし幼ねぇやってみてよと言うてのっぺらぼう
蛞蝓を俳句のそれと見たてれば蝸牛が背負うあとまだ十四
食感の違いを聞くから「蒟蒻はニャクッでテンとすべるのが寒天」
三かんと四おんを引けば三のこる指が弛んでもう眠くなる
「離して」と言えばなにやら話しだすその紐の先のあんたが重い

まあ、のっぺらぼうの歌はよかろう。この〈二重うつし〉の仕掛けの面白さは、種本のハーンを持ちだすまでもなく味わえる。分からないのはあとの四つである。いや、内容はよく分かる。だが、俳句にはない短歌の七七を、背負いこんだ殻に見立てるのもよしとしよう。「たとえば俳句を蛞蝓だとするよ」というそこである。そもそも、どうしてそんなものに喩えるのか。

それは食感の違いを語感に置き換えようとするのも同じだし、三寒四温をどうしてただの数詞として十から引こうとするのだろう。「ハナして」の同音異義語だって、ふつう誰もこんなことなど歌にしようと思わないだろう、ということなのだ。

ただ、出端をくじかれるこのガツンにさえ目をつむれば、これらの歌の味わいはこれはこれで面白い。この人の持ち味ともいえる。これほどではないにしても、らしい歌はいくらもある。

いつまでも回りつづける脱水機いちど忘れてから来るよ
じっと見ているのも結構疲れるわ炎天下氷の溶けてゆくまで
脅し水にてひといきに黙らせる浮き足だちておりし豆腐を
雁がねが鉤を作りて飛びはじむ秋の先っぽひっかけて来よ
竹林はいつもゆうらりゆうらりとお化けしており笑いもせずに

どれもかなりユニークな着想である。べつにわざわざ「いちど忘れて」から来ることもなかろうし、なにもこの炎天下に出て氷の溶けるのを見届けることもないだろう。まずはふつうの人ならそう思ってしまうところだが、この人は本気なのだ。その面白さといえるだろう。

浮き足だつ豆腐を黙らせる脅し水、帰雁の鉤形がひっかける秋の先っぽ。どれをとっても目のつけどころが変わっている。竹林が「お化けしている」のはどうということもないのだが、「笑いもせずに」といわれるとなにか変なのだ。笑っていればいいのかといえば、そういう問題ではないのではないか。

身の回りの日常からこれらを切り出してくる手つきは、やはり尋常のものではない。その辺りがずれなくうまく重なったとき、次のような歌が生まれる。この人の感覚のもっとも良質の部分のみえている歌といえるだろう。

少しばかり思いを深くしたせいです胸のあたりの有精卵は
カレンダー大きく破り損なえばみずうみはもう波立つ海辺

見てのとおり、ちゃんとした短歌のいろはから学んだ骨法などお構いなしといった体のものだが、むしろそんな調教を受けつけない野性といった粗っぽさもこの人の取り柄といえようか。

余暇なんかなかった父は見なかったろうなヴェールのような花雲
生きること即ち食すことなれば垂乳根の母たくましかりし

たとえば、父母を詠うにしても等身大のそれではないだろう。だが、いちがいに初学と退けられない手応えがある。働くことに追われていた父には花雲のヴェールを見あげる余裕なんかなかっただろうなあ、という述懐は心にひびく。生きることは食うこと、子どもたちに食べさせることだという直截は、母の像に血を通わせていよう。どちらもよい歌である。

ついでにいえば、この父の歌の系列には、豊かな抒情の世界が広がっている。

通い慣れたるふる里の道に佇ち夏草にきくわたしはだあれ
闇がまだやさしさほうわりもっていたころの太郎の花子の眠り
陽の緑に躰《み》はしゃわしゃわと濯がれて若葉に遊ぶわたしは雀

また、母の歌の系列は、こちらは広く社会詠へつながっていく逞しさをもっている。

武器という名の根菜が生えてきて大地は落ちつく暇《いとま》もあらぬ
答えなら簡単でしょうまずあなたが原発の辺に住んでみること
砂漠にはさばくのこころビンラディン育てられたるパワハラ育つ

ほかの要素にも触れたいところだが、書き出しに戻って、この人のもっとも顕著な特質であるところの〈奇想〉の可能性のよく見える歌を挙げて結びとしよう。そこにこそ広野が展けているように思うからだ。

芍薬の大小の芽が地獄からの拳にみえてこの春おどろ
杳かなる夏の庭すみおにゆりやあしなが蜂の賢徳の面《つら》

〈奇想〉と〈美意識〉がうまくはまったとき、ひょっとするととんでもないものが生まれるのかもしれない。そんなことをこのふたつの歌は思わせる。

べつだん意図したわけではないが、この小文に引いた歌のはじめは「のっぺらぼう」であり、結びのそれは「面《つら》」である。なにかうまく話の落ちをつけられそうだ。〈奇想〉ともみえたものが、これが短歌だという目鼻だちのない「のっぺらぼう」というこの人の歌の立ち位置なら、〈美意識〉が探り当てた「面」こそ、そのひとつの結実ともいえるだろう。

たどたどしい歌を集めた一冊ながら、臆せず歌いあげていてよろしいと、まずはエールを送っておこう。聞くところでは、結社に入って学んでいるとのことである。この人の前史に立ち会ったものとして、なにかひと言背を押してあげるのも、また、功徳とかいうものであろうから。

二〇一八年　夏越

たりを見まわしながら日々を過ごせるようになると、若かった頃は見えなかったものが見えてきたりする。若さは若さとしてそれなりに愛しいものではあるが、齢を重ねることは満更でもない。小高い丘に佇み、広がる視野を楽しみながら浮かび来るままの私の裡にあるものを言葉というこの不思議なものに託す、そんな感じに定型をもつ「みじか歌」の世界から眺めてみたいと思っている。

第一歌集を編むにあたり途中で入会させていただいた「かりん」誌に掲載されたものは、一線を引くためにここには加えないことにした。

作り始めた頃の詠草はぎこちなく、添削されたものも推敲を重ねる努力はしたもののこれがいまのところの私である。先のことなど言えば鬼ならずとも笑うだろうが、現在はまだ見えていないものが何年か後に見えて来ることもあると心待ちにしよう。

編集のすべてにわたり手を貸してくださったうえ拙い歌に跋文をくださった平井弘さん、また一緒に短歌を楽しんでいる仲間たちに感謝いたします。美しい本にしていただいた砂子屋書房の田村雅之様、装丁の倉本修様ありがとうございました。

二〇一八年八月

足立香子

歌集　蝸牛（かぎゅう）

二〇一八年一一月一五日初版発行

著　者　足立香子
岐阜県羽島郡笠松町大池町二二（〒五〇一―六〇八七）

発行者　田村雅之

発行所　砂子屋書房
東京都千代田区内神田三―四―七（〒一〇一―〇〇四七）
電話　〇三―三二五六―四七〇八　振替　〇〇一三〇―二―九七六三一
URL http://www.sunagoya.com

組　版　はあどわあく

印　刷　長野印刷商工株式会社

製　本　渋谷文泉閣